山中

张定浩

上海文艺出版社
Shanghai Literature & Art Publishing House

eons 艺文志 纸上造物 Playbook

目录

山中	01
有信	12
京沪道中	14
三角梅	16
樱桃	18
秋天	20
巨大的月亮	22
莫扎特第23号钢琴协奏曲	24
雨	26
世界	35
乐园	36

如何	41
公园记事	42
半山	44
我们牵着手在冰上走路	46
艾略特	49
杰克·吉尔伯特在写诗	51
小手工	53
柿子	55
无尽的房间	57
西山	70
识花	73
诗艺	76

威尼斯船歌	78
和友人谈列维纳斯	80
冬日颂歌	93
在上海想起薇依	101
后记	110

"因为你就是你所爱。"

"从消散中收聚我。"

——圣奥古斯丁

转引自汉娜·阿伦特
《爱与圣奥古斯丁》

山中

1

毕达哥拉斯的弟子们难以隐瞒
有关无理数存在的秘密,
那些小数点后不可穷尽的大军,
他们将踏碎夜与昼的秩序。

而我们是如何身陷陌生的山中,
沉默是如何附着于萤火虫的羽翼,
坐在临水的阶前,分不清什么是
正在升起,又是什么正在降临。

但那些掠过虚空的夜叉乐观地相信，
新的秘密会在新的递归中形成，
正如愈是拥有就愈被拥有，
愈被拥有就愈加渴望。

此刻，整座山刚刚被群星开启，
无数人潜行其中，仿佛在找寻我们。

2

车辙绝迹的地方,泉水涌现,
最好的一截山路,需要步行。
石头路不滑,也不咯脚,
许久前是香道,现在也很香。

比如桃树上的蜜胶,
以及蜂在白海棠的蕊中,
在观看它们的间隙我们交谈,
又在交谈的间隙中观看。

不远处,天使开始鼓动
新生的翅羽,我们一边感受,
一边用言辞将它们轻轻驱散。

3

这是你最喜欢的初夏,
我们喝下午茶,
在枇杷树下,
小女孩梦见她的城堡。

我梦见大水升起,
划桨看见很多年前的你,
坐夜车在这城市闲荡
不想停下来,像今天

我们说话不能停下来。
山中的白刺玫已经
编织好窄门,

等我们并肩穿过。

它们始终在那里,
像人世里深深的河。

4

你惊叹云朵的变幻,
我惊叹,你的美丽。

坐在窗台上吃西瓜,
抬头就看见雪山。

忽然就浩荡大风,
长街上没有行人。

我拥着你
穿越红海。

孔明灯在树梢,
孔明灯在夜空。

5

草原时常会忽然下起雨来,
而远处山坡明亮,
白雪照旧压住黑色的山。

白桦叶子如古钱币洒满山谷,
早晨湖面上有深深的雾,
一些树慢慢长成石头。

这些时刻都使我想起你,
这些不朽的时刻
都被你的不在所洞穿,

使我恍惚,
又教我平静。

6

你蜷缩在黑暗中,而我
斜靠另一处黑暗。
那些过去未来的你和我
能否理解此刻

正从你眼中缓缓涌出的
泪水,正刺破我沉默的外衣,
我曾以为是
无所不能的沉默。

我必须开口,
听虚空中自己的声音,
用言语衔取碎石将你填满。

我们都深深懂得,

那被火海包围的人

不过是想点起生命的火炬。

7

钓鱼人把钩线甩向冬天的海,
然后就如海一样沉静。
我们在他们身后寒雾里拥吻,
并目睹一团浸在烛泪中的纸片
如何燃烧成不息的烛身。

在整个城市的经诵声中,
我俯身向你,
那可能的和不可能的,
一次次将我们充盈。

8

我们终于坐在午后明亮的山脊,
看收藏冰雪与风的松涛,
以及迎面走来的太阳。

这太阳穿过我们,
把我们的影子刻于白雪,
等到春天就融于泥土。

到时候我们就下山,
去危险的湖面行走,
再找一个温暖的地方唱歌。

2015.06-12

有信

我把自己关在书房写字。
你在客厅,纸片上画画,
努力从门缝塞进来。
有信,你说。
我就轻轻抓住一点点探进身子的
小纸片,抓住小小的你
给我的信。

以后长大了你还会给我写信吗?
隔着几千里山川,抑或隔着
一片海,一群人,一层土,
都好像
只隔着 一扇门。

我在门这边,听见你大声地说
有信。

2015.12.27

京沪道中

窗外盲诗人般飘过的树
也曾有耳目的情欲。
大地颜色动荡,天空
阴晴有时。
有时,向北的列车猛然停顿,
被不知所措地拖回上一个站点,
我会走到陌生的月台,
点燃一支烟。
这样的延宕与变化只让我更沉静,
像雨加深了玉兰花的香气。
我是惯于等待的人,
是在不可靠的希望中乐意驻足的人,
我是向上的脆弱的火,

被涓涓流水拉住，
如何凝聚成岩石和花朵。

2016.04

三角梅

我们所热切谈论的花

是三角梅的叶子。

三片玫红色的叶子

簇拥着

三颗小星

在它们构成的霞光中轻颤。

那些被眩惑的蜂蝶,

走近了才看清

叶与花的区别,

却一时也不愿意转身。

只好细细辨认

这些异乡风物,

并从中汲取

像从奇异的文字中汲取

微小的暗与甜。

2016.04.02

樱桃

坐在火车站前的大树下
我们吃樱桃。一颗一颗
分享这宝石般初夏果实,
咬开圆润禁闭肌肤,
吞食汁液与肉身,再吐出
坚硬而难以消化的心,
它们洇红了我们的手掌。
它们不可能再发芽,再长出
另外的春天,那些已发生的
不可能再重复。
你遂练习将这些死去的种子
掷入对面的垃圾箱,
如旧时欢宴上的投壶,

让我察觉，爱是太强悍的神，
它重新定义着，时间和空间。
还有半小时火车就要来了，
我们吃樱桃。

2016.06.09

秋天

在陌生的园子里,采摘红果,
陌生人不知道我们的收获。

"我要那一串!"你指着
最高的枝头,那从蓝色苍穹俯身的

尚未屈服于重力的,天使,
我们仰首观看它轻轻颤动的样子。

这是秋天,许多树叶和果实被点燃,
这光焰灼灼,不亚于春天的花朵。

在幽暗的雾中寻找一个住处，
等待温暖的泉水把我们带回山谷。

2016.11

巨大的月亮

隔着舷窗我看见巨大的月亮,
巨大的,如你所赋予的爱
正锻造某种圆形的人类,我们
终于再次相遇。
如雪弥合天与地的距离,
如雪填满沟壑,又抹去
堤岸与流水的争执。
透过巨大的月亮我看见
尘世,是冰川下深藏的湖泊,
那些辽阔的积雪的山,刻在湖水中,
是一些被冻住的好看的阴影,
有天使轻轻滑行其上,
也带动鱼群的旋转。

与此同时,在下方,
微弱的雪弄脏了一个又一个城市,
如同那些不合时宜的灰发教士,
历经艰辛而来,正被拘押在路边,
等待在炙烤中上升,或在沉默中
渗入泥土。
偶尔,踏过这些清脆的生命,
回家的人也会抬头看看月亮。

2017.01

莫扎特第23号钢琴协奏曲

只有先召唤出整个乐队
陈述欢乐与明朗的奥义,
钢琴才能以对位法的姿态,
缓缓接管尚不满足的心灵。

只有先用手的柱石构造出
一个难以塌陷的空间,
被敲击的琴键才能拽动琴槌
奏出深厚坚定的音符。

只有在音乐中,
一切凄楚与痛苦
才是被允许的,
尤其,

只有在莫扎特的音乐中。

还要不停地加以掩饰,
像是冬日脱叶的树枝抛入盐矿深处,
当它在春天被取出之时,
浑身缀满璀璨的晶体。

还依然可以奇异地回返,
在回返中上升,
借助爱的阶梯,
他获得了星辰般寒冷的自由。

2017.03

雨

在朱利安·巴恩斯《终结的感觉》中,女主人公
向男主人公解释诗人与小说家的不同:
诗人并非依赖于素材在书写,
所以他不会陷入小说家常有的文思枯竭。
的确,如果一个小说家,如昆德拉所言,
是抽取生命的石头去建筑小说的宫殿,
那么诗人,就目睹生命长出青苔与裂纹。
不损毁,也不建造,
不占有,也无所依赖,
他从不担心经验的贫乏,
习惯在静默中领受心智的语法。

比如，此刻我们走在细雨中，
不断闪躲那些深浅不一的水坑，
你浅黄色的麂皮靴害怕泥泞，
倘使弄脏之后几乎不可逆，
如同感情。
可我知道，你又是喜爱雨水的，
因为雨水就是今天，
雨水就是突然降临的命运。
我们无法填满爱如填满欲望，
只能被迫一次次加深它，如雨水
一次次加深大地上的河流。

《终结的感觉》(*The Sense of an Ending*),
这小说名字,竟也是弗兰克·克默德的
一本文论著作的名字(在中文里它被译成
《结尾的意义》),
感觉即意义,奇妙的语言
收容我们所有矛盾,所有不安。
小说家以此向一位批评家致敬。
他们都相信,
一切意义,或者说感觉,
重复的,新鲜的,可能的和不可能的,
均来自那生于中间死于中间的人类
朝向严酷终点的探寻,或者说想象。

我想你一定会欣然同意

这小说家与批评家之间的珍贵共识,

多少次,对于我们的中途相遇

你努力从审美角度构思着结局,

多少次你怀揣终结的感觉看着此刻的你和我,

这个被我们闯入的,没有结尾和开端的世界

在下雨,

在你的脸上。

而雨,和泪水一样,总无法阻止。

无法阻止的雨将尘世砸出

大大小小的龛洞,里面呈放着

千万种欢愉与痛苦的姿态,

像白居寺里深藏的诸佛,
我们曾在其中盘旋,穿行,隐没。

据说肖斯塔科维奇每天晚上都拎着皮箱
站在电梯口,狠狠掐着烟蒂,
等待来抓捕他的人。
依旧是朱利安·巴恩斯,
为这个不可靠的、迎接终点的场景所着迷,
使之成为一部新小说的开端。
这种转换,抑或创造,
也许有违事实,却符合作曲家本意,
因为他说过,等待枪决,

是一个毕生折磨他的主题。
你看,艺术家都懂得
如何不被必然所俘虏,
如何把末日像台灯一样拽到眼前,
只为了看清空白稿纸,
和即将写下的音符,和文字。

但这绝非什么旧的结束蕴育新的开始,
只有一次开始,一次结束,
这种一次性,才是意义或感觉的源泉,
是始终处于中间状态的恋人,
领悟对抗永恒与流变的天使学,

领悟充塞天地、令黄昏明亮白昼黑暗的雨。
假如你不在,
那些三月的杏花,四月的海棠,六月
南方山中的白刺玫,夏季烧到天边的
波斯菊,秋日陌生园中细小红果……
都会化作雨的面容,
代替你,覆盖我。

亨利·菲尔丁,厌恶书信体小说
对时间的屈从,却赞扬它令作家摆脱
难免俗套的开头与结尾。
恋人们写长长的信,讲述和问候,

以此替代孤独的虚构。

每一封信，都是不携带地图的旅人

悬停在半空的酒杯，

夹杂自我怀疑的余温，渴求另一个生命的应答。

想想发生在福楼拜和露易丝·柯莱之间的

那些通信，那些介于作品与生活之间

没有完成的激情、智慧，以及爱欲，

迄今依旧震动着我们。

正是念及庸常结局时的惊惧，与怒火，

一次次更新着艺术家，

如你一次又一次，更新着我。

背靠赭红明黄的寺墙，我们相互捕捉，
而远处在下雨，那清晰的雨柱
经幢般现身于城市，
后来我们就走到那里面去，
受它荫护，在持久的好奇中彼此探索。
小说是，漫长的告别，但一首诗
就是此时此地的雨，它们同时存在，
不断改变着人类，对于美和错误的理解。

2017.04

世界

你每天忙于创造新的世界,
随手择取万物,将它们一一安顿,
并邀请我,俯身造化的奇妙。
但我们的小心赞叹,并不能阻止
世界毁坏,总有人以清洁的名义
拆卸城堡与村庄,也推平山河。
我看着你从最初的狂暴不安,到
慢慢接受,像新生的泪水接受风。
我总是困惑于如何看待人的转变,
也包括你的。
当你转身,尝试把又一个璀璨世界
移入纸张,这些脆弱单薄者
彼此注入了新的生命。

2016.11–2017.01

乐园

1

顺着缓缓蠕动的之字形人群，
我们一起步入黑暗的河流，
沉静观看
眼前——浮现的闪光的幽灵。

关于大海的狂暴，绿色森林里的
安宁，岛屿的梦和城堡的哀愁，
以及爱的天真与残忍，
关于这些我所略微知晓之物，

我曾试图讲述,
但最终,我只是俯身向你询问
这洞穴壁墙上飘忽动荡的光影,
他们的名,和永恒的进行时态。

你熟知这些梦幻之心的
过去、现在和将来,
它们在乐园中不知疲倦地同时进行着,
一如泪水与笑声的同时。

有时我在想,这多像
但丁曾经在地狱和天堂中所目睹的,
与之相比,人世只是尚待完成的

微不足道的炼狱。

而这也恰是你刚刚努力探寻到的
一种生活，
像疯帽匠的茶会，
你带领我穿越真实的迷宫去奔赴。

2

乐园中最可怖的是
成年男女的脸。

其次,是一群身着灰制服
拖曳在花车游行行列末尾的人。

因为有他们在,
所有的怪物都是可爱的。

3

据说去过乐园的情侣
很多都会分手。

他们以为只是体验一下盲目的嬉戏，
结果却遭遇漫长的等待，
还有难解的智慧与义无反顾的激情。

2017.03

如何

如何可以在,无人走过的深雪之上
轻快奔跑,如你一般,被来自天空的
洁白晶体托住,轻盈得无须翅膀的帮助。
如何可以不
通过写诗就摆脱那些重负,
如你一般,
回头看着泥足深陷的我大笑,
并一再怂恿我,努力向上跃起。
我因此一层层地坠入
你所不知道的,被掩盖的冬天。
在雪中漂浮的异乡的枫树和杉树
裹住我,将我指认成它们中的一员。
我伸手把你举起来,像树枝举起鸟儿。

2018.05.06

公园即事

我们又度过亲密的一天。
亲密而沉醉,后来就撑伞并坐于湖边,
看荷叶如何收容烈日与冰屑,
看水鸭相携凫远,年老的笛声隐约

在对岸,耀眼且不可采摘的荷花
在水中间,蜻蜓低飞,无事可做的人
聚在凉亭唱歌,抑或柳荫下起舞。
这陌生公园里的日常风物

使我们更像是一对真正的恋人,
双手交缠,面前是辽阔漫长的夏季。
我想起初次相约去郊外山寺

看春天的玉兰，

那时候，我们在言语的雾中行车，
对于远处的含苞欲放还知之甚少。

2018.07.13

半山

我喜欢这深山古寺的门就正对着公路,
人们可以随意选择上行或下行,
选择呼啸而过或停留。

你在半山偏殿的雨檐下读一首波兰诗,
乳白色长裙被风吹动。
我想起之前随你在每一尊塑像前肃立,
随你举手合掌再放下,
随你匍匐于过去现在未来的面前。

随你,穿过黄栌深红的烟雾,
沿途捡拾心形的叶子,
捡拾飞燕草,黄金菊,蓝色荆条花,

它们盈满我的手。

随你，如何于诸世间心不疲倦，
如何重复大地上一切隐晦的歌。

2018.12.07

我们牵着手在冰上走路

我们牵着手在冰上走路,
冰面不收留新的事物。

所以能走到荷花残梗的深处,
折取垂落许久的莲蓬,

在它褪尽丰盈的灰褐色面孔里,
仍有几粒泪水般洁白的莲子,

像风铃一样可以晃动,
可以发出夏天的声音。

我想起之前被你从昏茫中唤醒,

立在十字路口的晨光中，

绿灯不断亮起，这么多身影从桥下流过，
渗入沿途的高楼，在冬天的风里，

骑自行车的中年人一刻不停地踩着踏板，
车后架上的孩童，默想即将到来的一天。

我们在时间之外彼此交换的生命，
需要回到时间中才能被很好感受；

我们一起抵达过的地方，
是各自孤寂的时刻使它完整。

我们是如何牵着手在冰上走路，
穿过早晨柔弱的光辉。

很多枯枝在我们脚下的冰里，
很多流云被暂时冻结了变幻，

它们蓝色的刀口内卷着，
徒然散发静静的寒意。

2019.01

艾略特

他在风信子的灰烬中置身太久,
已经习惯于火的阴暗说教,
诸如一切都会毁灭,
 一切都在反复毁灭。

因此,当他突然闯入玫瑰的花园,
在一片甜美湿润的光芒中是多么恐惧,
他以为有罪的爱一旦结合就更易消逝。
他是艺术家,曾战胜过毁灭,
但他是艺术家,
知道爱在消逝后不会重生。

但爱总会消逝,如生命只有一次,

无论它清白与否,

无论它完成,抑或不完成。

等到他明白这一点,似乎已经太迟。

2019.03.19

杰克·吉尔伯特在写诗

杰克·吉尔伯特把性事和爱情都写进诗里，
尽管他清楚这二者在生活中是多么不同，
也永不曾弄错它们在心里的位置。

然而，一旦他写诗（无论在何地，使用
何种材料），就被一片空白所倾注，
他的生活和心，就被抛掷在陌生的光中。

接受炙烤，正反两面，像古典时代圣徒，
渴求从无面目的尘灰中立起新的生命；
或者，是回返琴键的音乐，安然于

均匀分布的黑白的宁静。他深知

那种混沌在创世之后并没有真的消失,
一切依旧掺杂在一起,这也是为何

动物们总是更为沉默,而爱思考的人
总是不断发明新的催眠术。他倾听
黑暗中无边大雨的声响,大雨又是如何

将男人和女人重新浇濯成赤条条的孩童。
杰克·吉尔伯特把死去和活着都写进诗里,

它们同时存在于每个角落,彼此准备着,
如性的辉煌与爱的灿烂,并依次消逝。

2019.04.02

小手工

你厌倦一切对抗性的游戏,
宁愿待在书桌前,花费几个小时
在白纸和一些细碎物件中探寻,
再给它们添加颜色和图案,
然后,等我回来,邀请我一起
赋予这些新生者以活力,
用我们的触摸、呼吸,和惊叹。
这些小手工,
这些由孤寂、耐心与热情所造就的
拙劣模仿物,它们多像
我曾经写下的那些诗,
安放着我们日常生活无法消化的
那一小部分笨拙的生命。

雨在打湿一个新的秋天，
我向你学习纸与手指的纠缠，
学习如何投身于创造又迅速逃逸
在每一个具体事实的中间。

2019.10.02

柿子

小小的,可以上锁的,是房间,
里面最宽阔的地方,是床。

爬上阁楼,关上灯,
我们可以躺着见到星星升起

在贴满碎花墙纸的斜屋顶上,纸星星
把它花费一个白昼所吸附的脆弱的光

一点点交还给人类,
令陌生的我们变得再度熟悉。

我们在房间里吃柿子,
秋天的柿子挂满山谷。

2019.11

无尽的房间

1

一个人,无法填满一个房间。
尽管他可以永不重复地踱步,
从一面墙到另一面墙,
像电脑屏保中无人问津的弹力球,
被简洁的法则和障碍催生出
无尽的道路,
但依然还有一些难以抵达之处,
他需要另一个人
一起创造出一些声音,一些光,
一些可以吞没所有缝隙的波浪。

2

整个上午,我都在清理房间,
像园丁铲除花园里的杂草。

日光下,和你有关的那些小物件
慢慢显露出来,像早春的花朵。

我也慢慢安静下来。

3

绿色的时间,绽放
在鲸鱼所能碰触的天空,

人世,不过是一次漫长的呼吸罢了,
随后我们便要回到各自的深海。

4

孩童们喜欢在房间里搭建
另一个房间,然后把自己幽闭其中,
等到他们出来的时候,
就像一个摇摇晃晃的自由的巨人。

我想起我曾寄居过的那些房间,
它们早已与我无关,
我想起我曾在那些已被抹除痕迹的房间里
搭建过另一些更为脆弱的空间。

5

数月之后,这房间又将不属于我,
装修工人会用长柄锤敲碎厨房和浴室,
拆掉床铺、壁橱和地板,剥落墙皮……
为了和一种虚无感做斗争,
我必须想象此刻就已置身于这样的废墟,
读书,抽烟,给你写信,
讲述窗外的春雨,
用词语和烟雾从事修复的技艺。

6

这个春天我们听从帕斯卡的教导,
待在各自房间里。重新面对静物,
看它们如何自午后涣散的光线中凝聚,
并用颜色和阴影相互致意。

这个春天我们委身于句法的劳作,
升腾又跌落。

7

在霍珀的画中,人们试图挣脱
某个令其动弹不得的房间,

有时候,他们的确成功了,
把长方形或梯形的光的牢笼甩到墙上。

8

一只蜜蜂在窗格上无休止地爬行,
代替老式打字机吐出狂乱的文字,
它被窗外的八重樱牢牢吸附于此,
不能理解,自己究竟是被什么所阻挡。

如何可能去爱这世上的光,
它轻易地穿透我们,轻易把我们遗弃。

9

我们回到帐篷里,
外面,是刚刚升起的太阳,
看日出的人们正慢慢散去,
空气清冷,水鸟继续它们的圆舞。

我们也继续。我们是
无止境坠落的瀑布中缓缓上升的鳟鱼。

10

有时,窗外就是大河,抑或车河,
有时,也可以看到一抹海的蓝色。
高楼凝望,船只和车辆都梦游般安静,
我们仿佛也已度过最艰难的时刻,
任自己漂流在这平缓宽阔的水域。

这些房间从消散中收聚我们,
将我们的时间合二为一。

11

羊毛地毯铺满房间，
如雪擦洗银河，
你和我，在这清浅的中央，
被翻滚的星云所包围。

和那些高悬的已经拥有名字的
灿烂而坚定的星相比，
我们只是正在形成的
服从于火和波涛的晦暗。

12

纸箱子堆满房间,迷宫再次显现,
一个弯曲的空间是一个实体,
是悲伤的弥诺陶洛斯本身,
而我们,在它的内部
左冲右突,却好像是在轻快地旋舞。

迷宫里的人无法一起生活,
却永不停歇地分享着生活。

13

我已习惯于在黑暗中醒来,
你降落伞般的来信托住整个房间的夜色。

也托住我,要我知道
再次醒来会是清晨。

2020.02-05

西山

我们再度身陷陌生的山中,
在漫长曲折的旅途过后,
烈日下新升起的道路盘旋无尽,
我已几乎丧失继续行走的勇气。

于是你转身,引领我回到上一个路口,
重新在林荫中找寻少有人走过的石阶。
重要的是决定去爱,
这样才能看见。

但我们并不谈论爱,
如同我们此刻并不谈论山,
在山中,每个人的痛苦都不相等,

每个人，都带着自身的重负。

当最后一级石阶自脚下退去，
整座山忽然自眼前消失，
而身后，巨大的城市浮现，
像一个不可磨灭的老笑话。

很多人坐在无遮蔽的山顶等候天黑，
好辨识远处的霓虹，
但我们只耽于辨识彼此面容，
辨识额头上各自难以消除的印记，

辨识无法帮助我们的天使，

和不会将我们眷顾的星辰。
随后就手拉手下山,走入
由我们自己所形成的空间,

在那里,你把一个陌生的我
自你的深处交付于我,而我也一样,
在一个个永在的瞬间,我们
一同辨识爱的过度,与匮乏。

2020.07.26

识花

在我的手机上你定了闹钟,
和我约定每天要签到识花的游戏,
在造物的美和它们可能的名称之间,
我们要完成一道无法悔改的单选题。
很多时候,我们都会选错,
但就算懊悔也要截屏记住,
再期待新的一天带来新的花朵。

带来结香紫镜桔梗绣球欧芹和铃兰,
带来龙芽草风铃草梭鱼草飞燕草还有
泷之白丝月影之霄林下凤尾蕨,再带来
婆婆纳岩白翠箭叶秋葵垂枝无忧花……

我一次次端详图片中的花
和汉语中的花,
猜测它们之间的关联,再想象
那最初的命名者是如何
将他所看到的诗与真
安放进词语简单又奇异的组合。

而你似乎更在意这游戏的连续,
在意识花日历上绿色对勾的连绵,
那意味着我们每天都曾在一起,
或者至少,在闹钟响起时我要想起你。
因为,就像歌里唱过的那样,
你也是个容易担心的小孩子。

但你不会告诉我你的担心,
只在每次见到时问一句,
今天有没有识花,有没有

2020.08.05

诗艺

在那些糟糕时刻他曾逼迫自己去写
冗长的文章,不去纵容沮丧与恨意,
把自己的心当作空罐头扔到院子里,
再回到书桌前,谛听死者的交谈。

雨水和草叶接管了他的心,
鸟从远方偶尔带来声音的种子,
季节轮换,他从书本中抬起头,
有些事物自窗外一闪而过。

他知道有一首诗可能正在
从那渐趋平静荒寒的心里长出,
他希望等这篇文章结束之后

就能有时间着手去处理它。

但他又想起写诗是多么虚无的事,
是在午后的斜光中拨弄灰尘的竖琴,
是日复一日地观察自己
如天文学家躲在晦暗的塔中追踪星辰。

是俄耳甫斯回头发现身后什么也没有。

2020.08.11

威尼斯船歌

你练习弹奏这首曲子已经很久了。
我听到水面渐渐成形,摇曳波光,
并目睹歌声从这波光中挣扎而起。
当你手指在黑白琴键之间翻飞跳动,
我在想音乐是一种多么可怕的艺术,
一旦开始,它就要求一刻也不能停下来,
直至结束,就像我们的生命,
它从混沌中诞生,那些最先出现的声音
——熄灭,又不断催生出新的声音,
即便在短暂的休止中,这音乐依旧
在继续,即便在这样轻柔的旋律中
每个消逝的音符依旧要求被挽留,
被新的和声裹挟着一同向前,它要求

所有被震荡过的琴弦都朝向
一个持续不断的现在，每个时刻都同样重要，
就像宇宙中可能拥有的对称性，
在音乐中，在此刻弹奏音乐的你身上，
我们能够轻易地体会
格特鲁德·斯泰因曾追求过的理想写作，
每一个句子都实现它自身的复杂，
同时也绵延成一个无法预见的整体。
你在弹奏，世界正年轻，
这首曲子才获得它的开端。

2021.02

和友人谈列维纳斯

1

关于那些不可抵达之物,这个人知道的远比我们要多。
当他从战俘营归来,立陶宛已是遥远的伤口,
当一个人的生活中忽然遍布死者,
他如何再去相信一种"向死而生"的哲学?
他同时也抗拒将死理解为一种完成,
那些被杀害者的死,如何是一种完成?

但他并没有就此成为一个愤世者,
一个怀揣巨大痛苦的人不甘心做一个愤世者。
但痛苦不断衍生,无用的痛苦,

整整一个充满了无用的痛苦的漫长世纪，
一代代光明之子纷纷被痛苦击溃，
他走出来，指引人们在黑暗中相逢。

他吁请人们重新面对黑暗，
不是从光的角度，而是试着从无限的角度。
在宇宙中，对于那些呼啸而过的变幻着的星尘，
我们时常分不清它们是属于过去，还是将来。
这种困惑，他觉得应当予以保留，
应当尝试接受众多事物环绕在我们的外部。

众多我们无力洞彻之物，
众多死者，众多的时间。

过往的哲学只教会我们不去害怕自己的死亡，
但他希望有一种哲学可以战胜他人的死亡，
一种新哲学，而非神学，可以像诗歌一样
带领我们穿过人世陡峭的炼狱。

2

但诗歌真能将死者夺回么？
也许没有谁比从冥府归来的俄耳甫斯更懂得
这件事情的艰难。
表面上看，这位歌者差点就成功了，
如果他在最后一刻忍住不回头，
欧律狄刻就能被带回有光亮的人间。

但据一个更古老的版本所述，
诸神允许俄耳甫斯带回的只是他妻子的影子，
因为抒情诗人只是半心半意的爱人，
没有勇气用丧失生命的方式去赢得生命，
而只想凭借他的技艺，凭借一种失去的艺术
去感动最坚硬狂野的神灵。

据说,俄耳甫斯原已接受了珀尔塞福涅开出的
极其苛刻的条件:只能带走欧律狄刻的影子,
并且,在回去的路上,不能说话也不能回头看她。
在那沿着无尽甬道向上攀行的归途中,
他咬牙忍受着孤寂,想象一种与她魂影相伴的余生,
想着回去以后就搬家,去没有人的山里面生活。

作为一个软弱的抒情诗人,他已经尽力穿越死的黑暗
来找回她,并以此赢得自己的不朽,
但他依旧有些沮丧,他在想她是否会责怪他,
责怪他缺乏足够的能力来使她完整。
责怪他那种强烈而自私的爱
正令她成为一个无法交流与回应的过去。

天快亮了。
他突然有一种想回头再看她一眼的强烈冲动，
仿佛想要在她的目光中希求某种答案，
就在这时，身后窸窣拖曳的脚步声消失了，
他听见一个轻柔又熟悉的声音在呼唤：
亲爱的，看着我。

俄耳甫斯转过身，
在一片漆黑中他看不见欧律狄刻的脸，
但他知道，她就在那里，与他面对着面。
现在，她不只是过去了，
她不只是他奋力追寻又终会磨灭的过去，
更是他所不能理解却仍须去爱的将来。

她是每一场雨,每一个有日出的清晨,
她是永远奔腾的河流,是起伏不定的浪涛,
她是,他希望藏身其中的午后的群山,
是他还没有解出的谜语,尚未写下的诗篇。
她是
正快速和她融为一体的夜色。

他望着这新的黑暗,像望着她的眼睛,
也从此被这双眼睛所注视。

3

一切都在变得更加寒冷，

爱怀疑和爱飞翔的，渐渐消失，

化作海底艰难行军的使团。

有人被雨声惊醒，久久不愿起身，

承认是一生过错构成他自己。

有人则立尽斜阳，

把怀念交付给眼前的山河。

而我们又一次僵持在

词语破碎的夜色里。

在菊华与梧叶共存的时节，

那耗完我们生命的火

也是帮助我们各自越冬的火吗？

我不太相信泪水能挽回一个人，

一旦有人哭过,

就终究要有人离开。

4

在南方的冬天,有时候风会将落叶吹回天空,
和残存枝头的梧桐树叶一同构成旋转的甬道,
我走在这样的路上,仿佛在一直走向你。

我本来只是在和你谈论那个法国哲学家,
谈论他在不可能得到赎偿的伤痛中所进行的斗争,
在见过地狱之后,继续写旧日的诗
和继续做过去的哲学,都是野蛮的。
但更野蛮的,是一种放弃。

你知道,我也是一个很容易放弃的人。
写作者往往都有一颗冰冷的心,
他们草率而迷茫地对待身边的人,直到这些人离去,

再怀着不安、窃喜与耐心,将之转化为自身的一部分。
在遇见你之前的很多年,
我就是这样在写我的诗歌。

就像很久以来,在世人眼里,
俄耳甫斯都只不过是一个拨弄竖琴的挽歌诗人,
用他的回忆、悲哀与失败,感动和安慰在爱中的人,
但对我所谈论的那个哲学家而言,
他要的不只是感动和安慰,
作为哲学家,他必须要求得更多。

他要求,一种普遍的能够作为原理的希望。
要求我们重新审视爱与死之间古老的相似性,

恋人们不知疲倦地相互爱抚、噬咬，探索，
只为了确认，彼此融为一体的不可能。
正是在爱中，
如同在这一生不断要遭遇的他人之死中，

一个人强烈地察觉那些隐没在我们身旁的无限，
如同不被任何量具记录的无理数；
察觉我们自以为熟悉、并供给我们秩序的亲人
在独处时所释放出的陌生；
察觉日光下人类种种引以为豪的发现
不过是排除掉无力认知的那部分之后的残余。

察觉时间的箭头所带来的一个又一个没有终点的开端，

如一个人怀着巨大的好奇永不停息地走向另一个人。
无论他们是近，是远，都永在面前，
如同新的欧律狄刻永立在新的俄耳甫斯面前，
不可占有，也不可毁灭。

也让我察觉，一个不可抵达的你
在召唤我开始写另一种诗：
它是桥，而非碑铭，是握手，而不是挥手。

2021.05

冬日颂歌

1

我们坐冬日的西郊线去看影湖楼,
在茶棚下车,再走上荒凉的山坡,
大片虚空旋即凝视着我们,
两弯被泥土砂石包围着的瘦弱的冰,
就像残留的痛苦,
又或是隐秘的不屈的爱,
邀我们仔细辨认,湖水干涸后
还会不会有蜃楼。
我记得那些突然降临的事情,
记得我们初次坐在临水的阶前。

如今所有颜色的树叶都已脱落,
细小的野花也全凋谢,
但你仍努力采摘几枝鲜红的蔷薇果,
它们会伴我度过剩下的冬夜。

2

在深冬的郊野,举目可见
被遗弃在半空中的黑色鸟巢,
让我想起那些
单凭期待和忍耐活着的恋人们。

当我们挽着手越过一道道铁轨,
沿着植物园空寂的小径
闯入一个温室,置身于柔软甜美的
绿色海洋与金色的梦乡,
我们会在种种奇异又缓慢的生长中
忘记过去的时间和未来的时间,
一起分享宁静的激情、斜落的光,
如同泷之白丝锋利如刃的叶缘上

那些永恒静止的圆舞者，
它们并不指望得救。

3

一只孤单的戴胜鸟在地上伫立良久,
毫不在意我们的经过与停留,
你轻轻地走到它跟前,它才飞起
又在不远处落下。

两个小男孩在冰面上欢闹,
另外两个小女孩坐在池边说笑,
这冻云黯淡的暮色仿佛与他们无干,
有时候,寒冷也能铸就一个乐园。

我们也走入这闪亮的瞬间,
而即便所有的冰都破碎,
也没有人会被淹没。

我们刚刚愈合的肺叶大口呼吸着
孩子们的笑声，
围着一个秘密的果酱罐尝它的甜。

4

在离别到来之前,
我们该驱车去哪个公园,
在深山里无风时的雪花消逝之前,
我们该驱车去哪个公园。

我并不害怕那个由乌鸦掌管的
没有爱的天宇,
因为我曾写下过
如此明亮的歌。

你用薄荷青柠甘蔗金桔和百香果
再连同整个白昼调制出来的美酒,
我在深夜一饮而尽。

不是我们拥有爱,

是爱拥有我们。

是祈祷的手变成了馈赠的手。

2023.01.15-21

在上海想起薇依

似乎也只有在这样严峻的时刻,
当城墙再度筑起,
人们排队获取食物,
重新遭遇匮乏与屈辱,
见识不幸和疾苦,
你属灵的教导才显得真实:
"在做平凡的事中遇到异常的艰难,
这是一种应当感激的恩惠。"

是感激谁呢,一定不是感激他们,
不是感激那些利用恐惧使我们顺从,
利用伤害使我们卑贱的人,
他们不可被谅解,

而这个残缺的世界也不值得被赞美。
在四月,春雨异乎寻常使我们平静,
使我们弃绝回忆和欲望,专注于
冰箱深处日渐稀疏的养分。

这个独一无二的春天。就如同
任何一个春天。"在我们这样的时代,
不幸悬在每个人头顶上。"
很多年来,那些力量一直在试图
修改我们,那来自巨兽的教育
借助词语,制造着幻象和错误,
但你说,这些词语,本身也有可能
散发光照和美德,在行动中。

你亲历过真实的不幸,因此深深知道
"不幸并不能使人高尚",
但你又说,我们不应当害怕隔离,
想想那些囚犯通过敲打墙壁相互交流,
"每一种隔离都在创造一种新的联系"。
是的,在这个足不出户的春天
孤独者忽然就拥有许多真实的邻人,
收获许多实际的而非抽象的善,

这些善新奇而美妙,无法被预演
却生生不息,默默被传递,又穿透
那些不敢打开的门窗,如同日光。
这个春天我们惊讶地目睹光明之子

在这个空荡荡的城市中大踏步地行走,
同时又备受煎熬,
而恶正化身为必然性和责任,
以相同的速度在四处蔓延。

你教导我们,要注视恶,
但不必用全副精力抵御它,
因为精力必有耗尽之时,
随后,人就会被他痛恨之物所吞噬。
"悲惨者的怨恨发泄在同类身上,
这正是一种社会稳定的因素。"
我们能否像你一样
理解这个尘世,并且还能够爱。

孩童的一滴眼泪,再加上耄耋的哭救,
已足以令人拒绝最不可思议的奇迹,
但这样还远远不够,
愤怒之后的忧郁与反讽都没有出路,
"若有人伤害了我,
但愿这种伤害不会使我堕落。"
这是你的回答,顽强,天真,而洁净。
但愿我们和这座城,也不会因此堕落。

战后,有一位作家
在编辑你遗著时被深深折服,
他曾预言了我们这个由传染病参与
控制的时代,曾在手记中逐一记录

乱世中创造者的名字。他不信神,
但和你一样捍卫爱的疯狂
以及人所拥有的种种潜能。
他说,"我反抗,故我们存在。"

但在获得诺贝尔文学奖的那天,
他被一种疲惫和忧郁的情绪击中,
为躲避摄影师和记者的围攻,
他来拜访你的母亲,寻求慰藉。
在这全巴黎唯一安宁的藏身所,
他们交谈,静默,时而看着窗外
卢森堡公园秋日的树林。
我想,当时你一定也在场。

如今我每天醒来，接受火的布道，
钻研粮食、蔬菜和水果的文本，
盘点那些维系我们残存秩序感的
非必要物资的存量，
照顾一个小女孩和一只猫，
读书，偶尔半夜里也会写长长的信。
无论何种情况，"只有一种错误，
就是无法以阳光为养料"。

我向你学习把一半的目光投向古代，
"爱若斯神得不到爱，
这个想法深深地折磨着古希腊人。"
我想，它一定也折磨着你

以及那些热爱你的人。然而,然而
激励普罗米修斯和西西弗去斗争
并令他们从痛苦的重负中脱身的
是同一种信念。

与你相比,我们多少仍显得孱弱,
但我不认为你的坚定是源自
对个人不朽的欲求,你怎么可能
为了向上生长就抛弃枝叶和花朵,
这种清教徒式的禁欲主义与你何干?
事实上,正如你所指出的,
唯有那些暗暗服从公众趣味的艺术家
才会把你的工作指认为一种自我完成。

"窗外有一棵树正长满树叶。"
"伦敦满城是开花的树。"
你在临终的病榻上给远方父母写信，
虚构一个你热烈参与的美好的春天，
事实上，你的确参与其中，
无数个春天穿过你如穿过狭窄的竖琴，
那种震荡
至今仍留在你所确信的满盈的宇宙中。

2022.04

后记

这是我的第二本诗集,收录了自诗集《我喜爱一切不彻底的事物》出版之后的七年时间里我新写的全部诗作,共计二十七首。它们几乎都开始于一种当下的直接经验,而非阅读或回忆,这和之前似乎有很大不同,虽然,在上本诗集的最后一辑中,这种新的写作体验已有所萌发。

从直接经验开始,对很多写诗者而言,实在不足为奇,但对于我这一直是非常困难的事。我像是一个既近视又老花的人,必须把一样事物移到适当远的距离,才觉得能看清,但倘若再远一点就又一片模糊;或许也因为,某种粘液质曾在我的体内占了上风,让我习惯于迟缓和延宕,习惯于处理一些在时间的回望中才逐渐成形的主题。因此,当我说到从直接经验开始,也就意味着,我开始被一种前所未有的、全新而深刻的体验所击中并改造,并慢慢被引领走向一种新的风格,而这种风格的起源,可能就像但丁所说的那样:

> 我也算是这样一个人,
> 当爱在我体内吐纳,
> 我就按照它所说的记录下来。

这样的写诗方式,注定难以形成大规模的体量,可能一年下来也只能收获几首诗。

有一阵子我很迷姜夔,经常会安慰自己说,一个这么丰富的人,一生总共也就写了八十余首词。

我喜欢姜夔的词,还因为他的词里有新的声音。这声音并非脱离于文字,而恰恰是来源于具体文字之间的偶然撞击。"初率意为长短句,然后协以律"(《长亭怨慢·小序》)。他作词的过程,就是将那些率意而成的长长短短的词语慢慢调谐成新的音乐。而我写诗时的感觉,和这很接近。

《山中》是这本诗集中最早的一首,拿它作为书名,既是一种纪念,也觉得这个词似乎可以涵盖这本诗集的主题。另外,我这次想为诗集找一个尽可能简短的名字,所以如果限制在从这本诗集的诗题中选择书名的话,这本诗集也可以叫做《雨》。但我觉得

"山中"的意象会更健朗一些，虽然和"雨"一样，身在其中的人都无可逃脱。

这本诗集中的很多诗，经朋友之手曾陆续发表在《十月》、《长江文艺》、《人民文学》、《大家》、《中西诗歌》等刊物以及"侧耳"、"飞地"和"读首诗再睡觉"等自媒体公众号上，其中一部分还承蒙有些朋友在不同场合诵读过，我写这篇后记时，也会想起这些声音。谢谢你们。

"纸上造物"一直是我喜欢的出版品牌，所以也特别感谢光哲兄，还有设计师晓茵，愿意接受这样一本单薄的作品，希望我们可以一起完成一场小小的创造。

张定浩
2022年初夏

纸上造物

用心，有趣，深且美，出版，以及一切纸上的可能

图书在版编目（CIP）数据

山中 / 张定浩著. -- 上海：上海文艺出版社,2023
（艺文志. 诗）
ISBN 978-7-5321-8740-9
Ⅰ.①山… Ⅱ.①张… Ⅲ.①诗集－中国－当代
Ⅳ.①I227
中国版本图书馆CIP数据核字(2023)第079446号

发 行 人：毕　胜
特约策划：纸上造物
责任编辑：肖海鸥
装帧设计：祁晓茵
内文制作：常　亭

书　　名：山中
作　　者：张定浩
出　　版：上海世纪出版集团　上海文艺出版社
地　　址：上海市闵行区号景路159弄A座2楼 201101
发　　行：上海文艺出版社发行中心
　　　　　上海市闵行区号景路159弄A座206室 201101 www.ewen.co
印　　刷：苏州市越洋印刷有限公司
开　　本：787×1092　1/32
印　　张：3.875
插　　页：4
字　　数：36,000
印　　次：2023年6月第1版　2023年6月第1次印刷
Ｉ Ｓ Ｂ Ｎ：978-7-5321-8740-9/I.6886
定　　价：48.00元
告 读 者：如发现本书有质量问题请与印刷厂质量科联系　T:0512-68180628